CB008856

CÍRCULO *Luna Parque*
DE POEMAS *Fósforo*

Takimadalar, as ilhas invisíveis

Socorro Acioli

1ª reimpressão

Para Júlio Camilo

1. *A chegada*

Atravessaríamos o mar Negro, da Turquia à Bulgária
Navegaríamos com pressa, pois meu pai fugia
Mudaríamos de país, minha mãe suplicava
Acharíamos uma casa, abriríamos as janelas
Eu falaria búlgaro e não turco
Diria Iyubov e não aşk
Diria dete e não çocuk
Diria khana e não gida
Compraríamos bonecas búlgaras nos meus aniversários
E eu as batizaria com nomes absurdos
Donka, Bogomila, Stanka, Lyubomira
As primas absurdas de minha mãe
Singraríamos o mar Negro, não fosse a tempestade
O comandante era meu tio, surdo aos brados do mar
Meus pais aturdidos, o navio aos pedaços
Pedaços de céu nas águas, nuvens inteiras
O marinheiro morto, levado pelas ondas
As coisas de nossa casa, engolidas pelas ondas
Meu primo, o timoneiro, nunca foi encontrado
Chegamos à areia e meu pai gritava:
— Não há ilhas no mar Negro, isto é feitiçaria
A ilha nos salvou da inclemência do mar
O mar devolveu meu tio, na forma de outra criatura
Meu primeiro morto era um monstro, inchado e roxo
Com as roupas do meu tio e a carabina presa ao corpo
Meus pais me ensinaram como fazer um enterro
Anos depois os sepultei, do jeito que aprendi
Rezo por eles em turco, não sei rezar em búlgaro
Rezaríamos em búlgaro se não fosse a tempestade

Fundei um cemitério, finquei as três cruzes
Perdi tudo e agora tenho um arquipélago enfeitiçado
Arkhipelag, em búlgaro
Takimadalar, em turco.

2. *Os medos*

De emboscada de bicho grande
De mascar planta venenosa
De ataque de abelhas
De bote certeiro de serpente
De prantear a agonia da morte
De que caiam todos os meus dentes
De tentar gritar e não conseguir
De tentar me mover e não sair do lugar
De maleita, de febre dum-dum
De não ouvir mais marulho ou ventania
De perder os sentidos enquanto nado
De desaprender a cantar
De que um dia as estrelas desapareçam
De que cessem as Perseidas
De esquecer as canções de minha mãe
De uma invasão de monstros
Da angústia do crepúsculo
De dissipar as esperanças
De que as vozes da cabeça enlouqueçam
De malbaratar o meu destino
De que a ilha afunde comigo
De não saber mais quem eu sou
De que os pássaros decidam ir embora
De apagar o luzeiro dos olhos
De escurecer os olhos da alma
De perder a alegria
De que as almas da madrugada me busquem
De que depois da morte seja sempre noite

3. A geografia

Atravesso as praias e as ilhas desde que cheguei
Recolho pedras e conchas para estudar as enseadas
Quando me perdi na floresta aprendi a respeitar a mata
Um dia tive a certeza de ser a única humana
Ilhas minúsculas não aparecem nos mapas
Percorri todos os contornos e me parecem um par de peixes
Enfeitei a ilha replantando os arbustos de flor lilás
Linces, onças, cobras, macacos chegaram antes de mim
As garrafas atiradas nas águas do mundo vêm parar aqui
Gostaria de ser um pássaro para ver a ilha por cima
O arco dos peixes, as lagunas, as pedras, o milagre lilás

4. O mel de sonhar

Achei um favo de mel em uma árvore, abandonada pelas abelhas; já mortos os zangões, todas elas saíram em busca do pólen lilás de outro lugar; a ilha está cheia do arbusto que plantei devotadamente; destaquei o favo e caminhei chupando, sugando, lambendo aquele mel escorreito e parece que alguma luz acendeu na minha vista, por dentro da cabeça; era tudo mais brilhante mais claro meu coração bate rápido demais e eu tenho que correr porque ele vai lá na frente tenho que buscar meu coração e colocar de volta; as aves vão descer; esse mel explodiu minhas veias; eu acho que as raízes são pernas; estou correndo rápido demais; vou dar muitas voltas nas duas ilhas; as árvores vêm para cima de mim; mas se eu correr para o mar aquelas pessoas todas vão invadir a ilha; o mar diz umas palavras deve ser búlgaro; meus pais voltaram ainda bem que eles voltaram; ela vai cuidar de mim; eu não consigo mais andar porque minhas pernas verdes nunca viram a montanha; preciso dormir e as árvores estão rindo de mim; acho que o mel; acho que o céu está caindo de novo; o céu vai cair de novo; o barco vai voltar; meu tio atira de espingarda e mata todas as abelhas uma por uma; as árvores foram embora morrendo de rir e eu vou dormir eu quero dormir; minha mãe vai cuidar de mim; acho que o mel deve ser feitiço; o fantasma do meu pai grita alto deli bal deli bal deli bal

5. *O espetáculo*

Era noite de Perseidas, portanto era agosto
E não há nada mais bonito que as noites de Perseidas
As estrelas riscando o céu com fogo frio
Despencando na ordem de seus desatinos
Nunca ouviram os meus pedidos
Nunca caíam na ilha
Perseidas celebram algo no Céu que desconheço
Mas se os Deuses estão em festa, aqui hei de celebrar
Não há nada mais bonito que as noites de Perseidas
O mistério dos astros suspensos
De um Céu acima de nós
Do destino desenhado em movimento
Não há nada mais bonito que as noites de Perseidas
Ouvi um estrondo na enseada da Laguna
Corri, porque poderia ser uma delas
A benevolência dos Deuses nos espanta
A explosão, o clarão e de repente seu barco alisando a água
Um homem pisando em Takimadalar
Ainda havia a espingarda, corri para buscá-la, mas você fugiu
Passei a noite acordada, à espreita do inimigo
Quando você chegasse, eu acertaria um tiro
Queimaria suas carnes e ossos
Há tempos perdi o medo de matar
Mas você voltou para me desarmar enquanto eu dormia
Levou a espingarda do meu tio, a faca do meu pai
Parou na minha frente e me esperou acordar
Eu posso te matar de outras formas, atirei minha ameaça
O inimigo perto de mim e eu encarei seus olhos, você sorria
Admirada, atônita e você sorria

Destemida, siderada e você sorria
Desconcertada, apavorada e você sorria
Há alguém mais bonito que as noites de Perseidas.

6. *O timoneiro*

— O senhor já sabia sobre esta ilha?
— Naveguei na rota certa para chegar aqui.
— O arquipélago está em algum mapa, em livros de
[viajantes?
— Nunca houve palavra sobre as ilhas do mar Negro.
— Quem além de nós sabe sobre a ilha?
— O único que sabia está morto.
— Um prisioneiro?
— Um timoneiro.
— Meu primo timoneiro estava vivo! E de que morreu?
— Enforcado, no Bósforo.
— Condenado a algo?
— Matou um homem.
— E o que ele disse?
— Que viu uma ilha impossível.
— Por que revelou ao senhor?
— Porque seu último pedido foi falar a um feiticeiro.
— E o senhor era o carrasco ou o juiz?
— Sou o destinatário do recado.
— Um feiticeiro?
— O maior da Turquia.
— E o que o fez navegar ao impossível?
— O desejo de ter um reino.
— Veio, então, para ser Rei?
— Sou desde que cheguei.
— Um feiticeiro que descobre ilhas.
— Uma ilha que me escolheu.
— Então este arquipélago é enfeitiçado?
— Aqui a matéria das leis são os milagres.

— O senhor usa cartas, cristais, lê as mãos?
— Apenas leio nos olhos.
— E nos meus, o que pode ver?
— Medo do escuro a nublar o espírito.
— É porque o sol está quase se pondo.
— Ficarei ao seu lado até que o medo passe.
— Sofro da angústia do crepúsculo.
— Ficarei ao seu lado até que o medo passe.
— Desde criança me apavoro no ocaso.
— É a hora da troca de guarda do céu.
— Meu único alívio são as noites de Perseidas.
— Hoje serão muitas, ofuscarão os Monstros.
— E o que vê agora em meus olhos?
— Vejo a mim.
— Tenho olhos de espelho?
— Tens os olhos do destino.

7. O Diabo

Foi o fim da calmaria e o começo assustador de uma temporada de incêndios no arquipélago, o fogo lento que começa sem aviso, as chamas vorazes se espalhando, o leito dos rios em alvoroço, a laguna cheia, transbordando, são horas longas de tremor e tudo apaga, mesmo que seja dia, um mistério inexplicável que nada concilia, nada aplaca, são vulcões subterrâneos, maremotos engolindo a areia, a boca do Feiticeiro engolindo a minha e seus olhos sempre nos meus, em todas as partes deste meu corpo que renasceu das pontas de seus dedos endiabrados. Soube que o Diabo vem assistir quando fazemos mágica, devagarinho, até o Diabo vem nos ver, fica escondido, toca o corpo, invejoso de nós dois, aguarda os estampidos finais para ir embora, pois ele sabe que não há, no mundo, outro par de Labaredas como nós.

8. Os desejos

Você e eu observando o céu
Você e eu um amor sossegado
Você e eu acima das nuvens
Você e eu perseguindo um delírio
Você e eu flutuando de barco
Você e eu molhados de chuva
Você e eu o silêncio e a paz
Você e eu desbravando o mundo
Você e eu atravessando o ocaso
Você e eu rindo do que inventamos
Você e eu devagar, sussurrando
Você e eu de mãos misturadas
Você e eu o carinho dos anjos
Você e eu fingindo outras vidas
Você e eu famintos de nós
Você e eu nos salvando um ao outro
Você e eu minha boca na sua
Você e eu nossas peles de sol
Você e eu fazendo mágica
Você e eu saciados de nós
Você e eu.

9. *A resposta*

Dactilomancia é ler o destino nos dedos
Ictiomancia é escutar o augúrio dos peixes
Litomancia é decifrar o oráculo das pedras
Oniromancia é decodificar os prenúncios dos sonhos
Nefelemancia é ouvir a mensagem das nuvens
Antropomancia é adivinhar nas tripas humanas
Capnomancia é ver o amanhã na fumaça dos ossos
[queimados do inimigo
Onicomancia é profetizar pelas ranhuras das unhas sob
[o sol
Cefalomancia é vaticinar pelo crânio de um bicho
Giromancia é girar rapidamente até cair, aturdido, sobre
[uma palavra escrita no chão
Aeromancia é perceber os fatos pela observação do ar
Halomancia é o pressentir no sal
Botanomancia é compreender o futuro pelas ervas
Ornitomancia é traduzir o voo e o canto das aves
Cartografia é desvendar os mapas das terras do mundo
Sabedoria é viver em uma ilha que não está nos mapas
Pantomancia é ouvir um mistério da boca de quem chega
[de repente
Alegria é ver seus olhos sorrindo
Euforia é amar seu corpo enfeitiçado.

10. *A beleza*

— Por fim, ficamos a sós no arquipélago.
— Somos para sempre, agora é assim.
— Tantos anos depois, o que ainda vê nos meus olhos?
— Vejo a minha felicidade.
— Tenho olhos de espelho?
— Tens os olhos da Verdade.

Notas de leitura

Notas de leitura

EQUIPE DE PRODUÇÃO
Ana Luiza Greco, Fernanda Diamant, Julia Monteiro, Leonardo Gandolfi, Mariana Correia Santos, Marília Garcia, Rita Mattar, Zilmara Pimentel
REVISÃO Eduardo Russo
IMAGEM DA CAPA Doutor Fábio Rocha Fernandes Tavora, do Laboratório Argos
PROJETO GRÁFICO Alles Blau
EDITORAÇÃO ELETRÔNICA Página Viva

Dados Internacionais de Catalogação na Publicação (CIP)
(Câmara Brasileira do Livro, SP, Brasil)

Acioli, Socorro
Takimadalar, as ilhas invisíveis / Socorro Acioli. — São Paulo : Círculo de poemas, 2023.

ISBN: 978-65-84574-50-2

1. Poesia brasileira I. Título.

22-135023 CDD — B869.1

Índice para catálogo sistemático:
1. Poesia : Literatura brasileira B869.1

Eliete Marques da Silva — Bibliotecária — CRB-8/9380

1ª edição
1ª reimpressão, 2023

CÍRCULO DE POEMAS *Luna Parque Fósforo*

circulodepoemas.com.br
lunaparque.com.br
fosforoeditora.com.br

Editora Fósforo
Rua 24 de Maio, 270/276, 10º andar
01041-001 — São Paulo/SP — Brasil

CÍRCULO DE POEMAS *Luna Parque Fósforo*

LIVROS

1. **Dia garimpo.** Julieta Barbara.
2. **Poemas reunidos.** Miriam Alves.
3. **Dança para cavalos.** Ana Estaregui.
4. **História(s) do cinema.** Jean-Luc Godard (trad. Zéfere).
5. **A água é uma máquina do tempo.** Aline Motta.
6. **Ondula, savana branca.** Ruy Duarte de Carvalho.
7. **rio pequeno.** floresta.
8. **Poema de amor pós-colonial.** Natalie Diaz (trad. Rubens Akira Kuana).
9. **Labor de sondar [1977-2022].** Lu Menezes.
10. **O fato e a coisa.** Torquato Neto.
11. **Garotas em tempos suspensos.** Tamara Kamenszain (trad. Paloma Vidal).
12. **A previsão do tempo para navios.** Rob Packer.
13. **PRETOVÍRGULA.** Lucas Litrento.
14. **A morte também aprecia o jazz.** Edimilson de Almeida Pereira.
15. **Holograma.** Mariana Godoy.
16. **A tradição.** Jericho Brown (trad. Stephanie Borges).
17. **Sequências.** Júlio Castañon Guimarães.
18. **Uma volta pela lagoa.** Juliana Krapp.
19. **Tradução da estrada.** Laura Wittner (trad. Estela Rosa e Luciana di Leone).
20. **Paterson.** William Carlos Williams (trad. Ricardo Rizzo).
21. **Poesia reunida.** Donizete Galvão.
22. **Ellis Island.** Georges Perec (trad. Vinícius Carneiro e Mathilde Moaty).
23. **A costureira descuidada.** Tjawangwa Dema (trad. floresta).

PLAQUETES

1. **Macala.** Luciany Aparecida.
2. **As três Marias no túmulo de Jan Van Eyck.** Marcelo Ariel.
3. **Brincadeira de correr.** Marcella Faria.
4. **Robert Cornelius, fabricante de lâmpadas, vê alguém.** Carlos Augusto Lima.
5. **Diquixi.** Edimilson de Almeida Pereira.
6. **Goya, a linha de sutura.** Vilma Arêas.
7. **Rastros.** Prisca Agustoni.
8. **A viva.** Marcos Siscar.
9. **O pai do artista.** Daniel Arelli.
10. **A vida dos espectros.** Franklin Alves Dassie.
11. **Grumixamas e jaboticabas.** Viviane Nogueira.
12. **Rir até os ossos.** Eduardo Jorge.
13. **São Sebastião das Três Orelhas.** Fabrício Corsaletti.
14. **Takimadalar, as ilhas invisíveis.** Socorro Acioli.
15. **Braxília não-lugar.** Nicolas Behr.
16. **Brasil, uma trégua.** Regina Azevedo.
17. **O mapa de casa.** Jorge Augusto.
18. **Era uma vez no Atlântico Norte.** Cesare Rodrigues.
19. **De uma a outra ilha.** Ana Martins Marques.
20. **O mapa do céu na terra.** Carla Miguelote.
21. **A ilha das afeições.** Patrícia Lino.
22. **Sal de fruta.** Bruna Beber.
23. **Arô Boboi!** Miriam Alves.

CÍRCULO *Luna Parque*
DE POEMAS *Fósforo*

Este livro foi composto em GT Alpina e GT Flexa e impresso pela gráfica Ipsis em outubro de 2023. Ilhas minúsculas não aparecem nos mapas, é preciso seguir o augúrio dos peixes.

A marca FSC® é a garantia de que a madeira utilizada na fabricação do papel deste livro provém de florestas gerenciadas de maneira ambientalmente correta, socialmente justa e economicamente viável e de outras fontes de origem controlada.